6

Yuji Terajima

다이아몬드 *A*
에이스
Ace of Diamond

후루야 사토루

강속구가 무기인 투수. 타격력도 괴물급. 에이준의 최대 라이벌. 1학년.

코미나토 하루이치

공수 양쪽으로 센스가 빛나는 유망주. 배트 컨트롤이 좋다. 3학년 코미나토 료스케가 형. 1학년. 2루수.

사와무라 에이준

나가노의 약체 팀 출신. 열정적이고 눈물도 많다. 정신력으로 싸우는 선수. 어디로 던지는지 출처가 보이지 않는 독특한 공이 특징. 1학년.

주요 등장 인물

Ace of Diamond

카타오카 텐신

프로 입단이 아닌 모교 세이도의 감독을 선택한 남자. 엄격하게 지도하는 호랑이 감독.

유우키 테츠야

세이도 고교 야구부 주장. 플레이로 팀을 이끄는 스타일. 3학년. 1루수.

이사시키 준

강견강타 전부 풀스윙. 입이 거칠어서 후배들이 두려워한다. 3학년. 중견수

타키가와 크리스 유우

재능이 넘치는 포수였지만 부상으로 현재는 2군. 에이준과 배터리를 이룬다. 야구 지식이 풍부하여 에이준을 정확하게 지도한다. 3학년.

마스코 토오루

파워형 슬러거. 에이준과의 대결에서 고교 야구의 삼엄함을 가르쳐준다. 에이준과 같은 방. 3학년. 3루수.

쿠라모치 요이치

에이준과 같은 방. 에이준 갈구기를 좋아한다. 2학년. 유격수.

탄바

변화구가 장기인 투수. 컨디션 난조로 괴로워하나 신입생들의 입부가 자극이 되어 부활을 노리는데?!

미유키 카즈야

세이도의 핵심 선수. 투수의 재능을 이끌어내는 것에 뛰어나다. 신문에도 실리는 등, 다른 학교 감독들이 열망하는 유명한 선수. 2학년.

CONTENTS

A

제41화
우선 하반신부터

※노크 : 야수가 볼을 받거나 송구하는 수비 훈련.

토스배팅
200구에
노크에 러닝….

아침부터
이렇게
몰아붙이다니.

세 그릇이다!

남기면
보고할 거야.

왜 내가
이런 녀석들을
감시해야
하는 거냐….

제길.

카네마루 신지 (1학년)

7

너, 지금 나 죽이려는 거냐?!

무슨 소리. 이건 나의 호의다.

눈이 웃지 않잖아!

식사
반드시 3그릇을 먹을 것!

먹어. 내 반찬을 나눠주마!!

1군 승격 축하 선물이다!

오후 연습, 좀 더 늘려주련?

아직 기운이 펄펄하구나, 에이준.

너, 젓가락이 안 움직이는 구나?

지금 공기를 먹고 있거든!!

목소리도 크잖아!

싫어, 싫어, 싫어. 안 그러셔도 된다고요!

우웁.

우물

우물

물쩍물쩍~

8

완전
파김치가 되어서
곯아떨어졌어.

매일 얼마나
혹독한 연습을
했으면.

이거… 괜…
괜찮을까…?

에이준.

에이준.

신지가 자면
보고한대.

9

이 녀석… 플라이는 잡을 수 있을까?!

좌익수
사카이 이치로(3학년)

주전 자리는 죽어도 양보 못해!

엄청난 송구다.

우익수
시라스 켄지로(2학년)

하긴 원래 센스가 뛰어난 녀석이니까….

외야도 그럴 듯해졌군.

아♪

할 수 없군…. 공이나 던지게 해줄까?!

그에 비해…,

너는 이제 외야의 노크는 그만 받아라.

그 한숨은 뭐예요?!

12

이 녀석이라면 너의 어떤 공이라도 받아줄 거다…

……

헉…?

우리 팀에서 가장 우수한 녀석이지.

자아, 마음껏 던져.

네 으으으 ?!

그… 그때의 인연은 어쩌고요~.

응석 부리지 마.

네 공을 받는 것은 카즈야나 케이스케에게 부탁해.

크리스 선배가 받아주시는 거 아니었어요…?

거리는 가까워도 괜찮아.

한 구씩 세심하게 던져봐.

이걸 전부요?

섀도 피칭으로 폼을 익히는 것보다 공을 이용하면 감각을 파악하기 쉬우니까.

그때의 볼 감각만은 절대로 잊어버리지 말고.

크리스 선배…

폼을 몸에 스며들게 하는 거다.

알았지?!

슬슬 차이가 나기 시작할 때지.

다…다리가 움직이지 않는다…

왜 그래~!! 벌써 지쳤냐?

이제 막 시작했잖아~.

힘들면 쉬어도 돼.

!

너랑 교대해주길 바라는 녀석들은 얼마든지 있으니까.

저 사람들은…
저렇게 마음대로
던지는데…
제길.

왜 불펜에
못 들어가게
하는 거야?

하나 둘
셋 넷―.

하나 둘
셋 넷―.

넷!!

내일도
아침부터
시작한다.

스트레칭하고
빨리 들어가…

어떻게
저 사람들은
서있을 수
있지?!

움직이지
않아…

큰일났다…
더 이상
몸이…,

괴물들….

슬슬 피로가
쌓이기 시작할
시기잖아.

1학년
투수 둘은
어떤가…?

슬슬 페이스를
떨어뜨려서
불펜과
※시트노크에서
던지게 할 생각입니다.

예….
감독님의 지시대로
합숙에
익숙해질 때까지
투구는 시키지 않고
있습니다.

※시트노크 : 시트펑고, 정상적인 수비 위치에서 코치가 친 공을 잡아 던지는 수비연습.

응.

오늘도
그냥 중심으로
던지겠다.

네.

아직
갈 길이 멀다.
너무 날뛰게
하지 마라.

탄바와
카와카미는?

음.

순조롭
습니다!!

……

토요일은
사토루와 에이준이
한 시합.

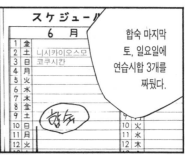

スケジュール
6 月

1	金	
2	土	니시카이오스모
3	日	코쿠시칸
4	月	
5	火	
6	水	
7	木	
8	金	
9	土	합숙
10	火	
11	月	11 水
12	火	12 木

합숙 마지막
토, 일요일에
연습시합 3개를
짜뒀다.

일요일의
더블헤더는,

탄바와
카와무라가
한 시합씩
던지게 하겠다.

피로가
절정에 쌓였을 때,
전원 얼마나
강한 마음을 가지고
싸울 수 있느냐….

그냥
그것만
보고 싶다.

이 3시합에
관해서는
승패를 굳지
따지지
않겠다….

자지 마!!
애들아…
자면 죽어.

아니.
그보다
사람 살려!

주…
죽을 뻔했다.
하마터면
익사체가
될 뻔했네…

꼬르룩!!

세이도 선수 도감

Vol.8

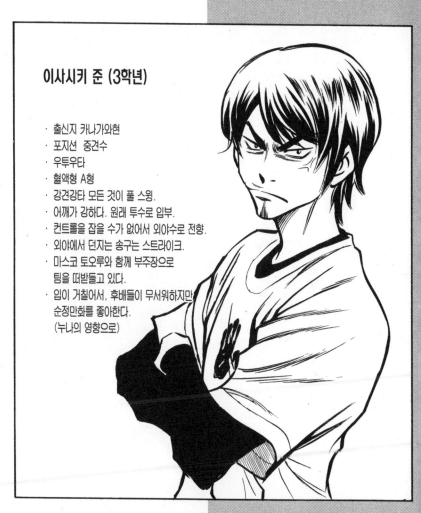

이사시키 준 (3학년)

· 출신지 카나가와현
· 포지션 중견수
· 우투우타
· 혈액형 A형
· 강견강타 모든 것이 풀 스윙.
· 어깨가 강하다. 원래 투수로 입부.
· 컨트롤을 잡을 수가 없어서 외야수로 전향.
· 외야에서 던지는 송구는 스트라이크.
· 마스코 토오루와 함께 부주장으로
  팀을 떠받들고 있다.
· 입이 거칠어서, 후배들이 무서워하지만
  순정만화를 좋아한다.
  (누나의 영향으로)

제42화 에고이스트

너한테 청찬을 받으면 왠지 기분이 나빠.

아냐, 아냐. 그 코스로 던지면 제대로 치기 어려울 거야!

틀림없이 무슨 꿍꿍이가 있겠지.

카와카미 노리후미(2학년)

※사이드스로 : 오버핸드스로와 언더핸드스로의 중간지점. 주로 팔꿈치와 손목을 이용해 손을 옆으로 하여 던지는 투구 폼.

애써서 얻은 ※사이드스로 니까,

스트라이크존은 폭넓고 효과적으로 써야겠지…

너는 좀 더 자신감을 가지고 던지면 돼!

컨트롤은 굉장히 뛰어나.

너도
이제 곧
끌어내려
주마….

우리들 이제
물러날 데가
없으니까.

흥ㅡ

……

이쪽에
집중해ㅡ!!

따ㄱ
악

이봐,
어디서 한눈을
파는 거야!

네….
기대하고
있겠습니다.

물끄럼

2루,
안 늦었다ㅡ!!

제길
빨리 던지고
싶다~.

따
악

아자~!

!

아니.

저럴
수가.

!

어…? 지금… 무의식적으로….

어?

어.

와

아

아

아

지금 움직임 아주 깨끗했어!

나이스 필딩!!

하니까 되잖아!

잡기 힘들겠다~.

으음. 송구까지 잘하잖아~.

운으로 된 게 아니면 좋겠는데.

드디어 머리보다 몸이 먼저 움직이게 되었구나.

퉁

질 수 없다.

너는 좀 더 공에 집중해!!

포크볼 : 포크볼(fork-ball) 집게손가락과 가운뎃손가락을 쫙 벌려서 공을 잡고 던지는 볼로, 회전이 적어 목표점 부근에서 뚝 떨어지거나 휘는 등의 변화가 심하게 일어나는 볼.

선배한테
넉살도 좋군…

쳇…

크리스가
부상을 당한 뒤
1학년이면서도
주전 포수로
발탁될 수
있었겠지만.

뭐… 원래가
이렇게 배짱이
두둑한
녀석이라서…,

솔직히 말해서
나는 이 녀석이
거북하다…

사용할 수 있는
공인지 아닌지는
네 마음대로
판단해.

하지만,

나는
내 자신을 믿고
던진다.

역시
투수라는
녀석들은
모두
에고이스트
라니까…

얻을 수
있는 것이라면
모두 얻어서
누구에게도
마운드를
빼앗기지
않겠다.

철컥

피식.

……

난 크리스 선배한테 거절당해서 어쩔 수 없단 말이야!!

아니…. 요즘 불펜에 전혀 들어가지 못해서 공 좀 받아달라고….

너희들 오늘도 베이스 러닝하다가 죽었던 거 아니었냐?!

뭐? 지금?

뭐?!

나는 15구!!

나는 10구….

그럼 난 20구.

그래도 던지겠다고?

던질 수 있어. 한 구라도!!

이봐, 이봐. 내 사정은 완전 무시냐…?

하하….

하하하하!

재미있군!

너희들, 짱 먹어라!!

방에서 던지나요?

됐어. 됐으니까, 빨리해. ㅋㅋㅋㅋ

하아...

그 정도로 기운이 남아돈다면 괜찮겠지.

네?

일단 목욕하고 내 방으로 와라.

41

실례
합니다…

똑
똑

어?

아…
왔구나!

다이아몬드 에이스 6

왜 이렇게 늦었나!

빨리 들어와!

매일, 내 방에 모여서 좀 곤란하걸랑….

이 사람들 상대 좀 부탁하자!

너희들, 기운이 남아돌지?

카즈야…, 빨리 해.

어제에 이어서.

다리 좀 주물러, 1학년!!

그래, 이 녀석.

앗…. 비겁 하다~

하하

에이준~. 주스!!

43

할아버지랑 해서 조금은…

너희들 장기는?

전혀…

좀 봐주세요! 테츠야 선배는 못 당하겠다고요.

너무 못해서…

장기 둘 수 있는 사람이 너밖에 없단 말이야.

잠깐… 볼펜은요?!

좋았어. 에이준, 가라!!

아… 옙!

(우와―, 거절할 수가 없잖아~.)

잘 부탁합니다.

준 선배에게는 항상 마사지를 해드려야 하고.

테츠야 선배랑 나카다 선배는 항상 들락거리지.

요이치와 나카다는 게임 친구지…

합숙 때는 이렇게 장기를 같이 둬야 해.

아니, 그런데 토오루 선배는 왜 여기서 자는 거죠?!

제길…

GANGER

너희들의 뒤를 지켜주는 것이 어떤 사람들인지 알아두는 것도 나쁘지는 않잖아?!

하지만 뭐.

그… 그럼 이 사람, 처음부터 이럴 생각으로….

자아…

나는 켄타 방에서 잘게!!

어?

뒷일은 잘 부탁해!!

그럼.

찰칵

잠깐….

靑心寮

콰당

저… 저 녀석, 도망갔다!

이런 사람들을 떠맡겨 놓고….

에이준~, 빨리 주스 사와.

그리고 칼로리 메이트도.

음.

잘 하는 군

따악.

왜 그러지? 빨리 뒤. 내일도 일찍 일어나야 돼.

좋아, 사토루. 이리 와!

다리 주물러라!!

46

정말
이기주의자들
이라니까….

이걸로
오늘은
푹 잘 수
있겠구나.

MY 베개. ➡

죄송합니다.
저도
모르게….

모르긴
뭘 몰라.

부드럽게 좀
못하겠나?!

아,
너…!

아얏!

그 녀석은
그냥
소꿉친구로….

아니,
아니에요
…

야야,
거기~!!

그런데
그거 아세요?
이 녀석, 고향에
여자친구 있대요.

아주
자세히.

흐음~.
어떻게 된 건지
자세히 말해
보실까~?

……

47

그러니까 여자친구가 아니라니까요!! 메시지에 답장도 전혀 안 하는걸요….

예에?!

걱정 마. 항상 내가 대신 보내고 있으니까.

우헤헤헤헤.

여… 역시 네놈 이었구나~!

반말 금지, 어택ㅡ!!

커헉!

너, 왠지 기분이 좋은 거 같다?!

아… 주장은 우롱차야.

하아~. 이제 그만 돌아가고 싶다.

꼬붕 노릇 중….

사토루.

에이준.

다이아몬드 A
Ace of Diamond

오후에는
불펜에
들어간다….

준비
확실히
해둬라.

네?

누… 누가
받아주시나요?

호… 혹시
크리스
선배가…?

둘 다 다리가
후들거리긴
하지만.

잘됐다.

나다!

케이스케가
직접 받아보고
싶다고 했어.

뭐,
1군의 포수로서
당연한 거겠지.

!

아… 아니오…

불만
있나?

저렇게 보여도
남들보다
투지 있는
녀석이니까….

방심했다가는
카즈야도
위험하거든.

50

제43화 플레이로 이끌어라!!

한 번 더!!

아자아아아!

하루이치, 거기 있으면 방해 돼!!

보내~!!

우가우가 우가~. (덤벼라~)

예…, 작년에 코앞에서 코시엔을 놓치게 된 시합을 벤치에서 본 선수들이 많으니까요.

역시 아직은 목소리가 나오네요, 3학년은….

5일째 인데….

……

내가
친다!!

교대.

윽

케이스케는 머신구로 150km는 쉽게 잡을 수 있지.

왜 그래. 뭘 그리 놀라지?

제길… 피곤해서 공이 뻗어나가지 않는다…

네…

걱정 말고 마음껏 던져라.

고

오

오

다음.
에이준,
교대해.

네!!

우선,
네트 스로를
한다는
감긱으로···.

꽈

악

악

악

헝

정면에서 보면 이렇게 잡기 어려운 공이었나?

뭐… 뭐야….

공이 높다.

던지고 싶은 만큼 던져도 되나요?!

제길…. 그때처럼 나가지가 않아….

그러니까 서두르지 말라고….

다음엔 본격적으로 던져도 되나요?!

서두르지 마…. 한 구 한 구, 세심하게 던져라.

!

정말… 녀석들이.

오랜만에 불펜에 들어온 거라서.

오늘과 내일은
불펜에서
시트배팅으로
조절한다.

토요일 시합에는
둘이 한 시합을
던지게 될 테니까.

지…
진짜요?!

……

어느 쪽이
선발인가요?

우오오오~.
시합에서
던지는
건가요~?!

너희들 기운이
남아도는
모양이구나….
더 달려볼래?

시…,

시합?!

59

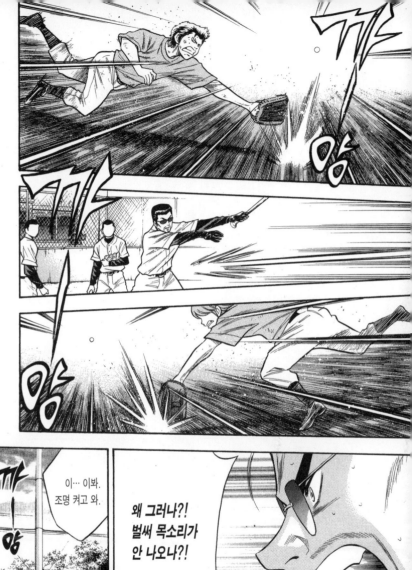

이… 이봐.
조명 켜고 와.

왜 그러나?!
벌써 목소리가
안 나오나?!

아직
계속 하는
구나…

하…
하나 더~!!

하나도
안 들린다!!
평소의 위력은
어디로 갔나,
준!!

하…
하나
더…

난 그렇게
잡으라고
가르치지
않았다.

크윽!

그보다는 혼자서
전원을 상대하는
저 사람도
괴물 아냐?

굉장하다….
언제까지
할까?

항상
웃던 얼굴은
어디 갔나,
료스케ー!!

역시
선배들도
녹초가
다 됐네…

왜 그러나?

벌써
끝인가,
테츠야…?

그래….
이것은
3학년 전원의
의견이다….

제가요?

주장?

너는 플레이로
모두를
이끌면 된다.

부원이 많은
우리 팀을
요령 있게 하나로
모으란 말은
하지 않겠다….

플레이로….

헉.

헉.

한 구….

모레…
이 사람들이
뒤를
지켜준다….

우와아~,
나, 괜찮을까?!

멍청한
짓을 하면
진짜
안 되는데….

괜찮아.

내가
전부 다 던질
거니까.

시끄럿.
스태미너 부족은
입 다물어!!

왕
충격!

제44화 시련

고맙습니다!!

그라운드에 경례.

헉.

헉.

헉.

그런데…

……

힘들었던 합숙도 남은 것은 시합 뿐…

끄… 끝났다~.

70

뭐가 좀 있어야 하는 거잖아?!

내일을 대비한 의논이라든가 마음가짐이라든가.

그래, 그래.

응, 나?

화르 르 르 르

당신, 언제 내 공을 받아줄 거야!!

시합이 내일이라고~!!

너희들... 무슨 소리야...

변화구도 못 던지는 녀석들하고 의논은 무슨 의논을 하냐?!

진짜로 놀라고 있다.

맞는 것도 연습 이거든~. 핫핫핫핫!

피로도 상당히 남았을 테니 내일은 신나게 당해 봐.

빠끄 뚜 앙

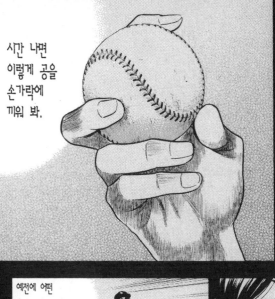

시간 나면
이렇게 공을
손가락에
끼워 봐.

그리고 손톱에
부담을 주지 않고
던질 수 있는
공도 있어.

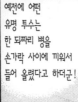

예전에 어떤
유명 투수는
한 되짜리 병을
손가락 사이에 끼워서
들어 올렸다고 하더군!

괴물 군 ♡

나를 좀 더
재미있게
해 줘.

변화구가
하나라도 있으면
너의 스트레이트를
좀 더 활용할 수
있을 테니까.

뭐… 포크는
팔꿈치에
부담이 가니까
던지게 하고 싶지는
않지만…

……

......

감독님…

한 구만 다…
부탁합니다…

1학년,
하루이치는
나오거라.

피식…
다칠지도
모르니까…

쌍
아
아

드르렁~

음나….

……

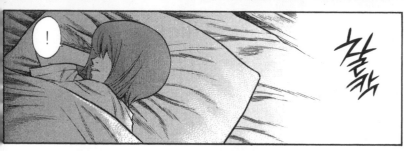

!

흘깍

왠지 잠이 안 와서.

아, 네….

네?

그럼 내 스윙 폼 좀 봐줘!

아무래도 방망이가 아래로 나가는 것만 같아.

어이, 하루이치~.

아직 안 자지?

실력이 없는 녀석은 노력할 수밖에 없으니까….

지금 스윙연습을 더 하시려고요?

당연하지. 너희들 연습만 따라다녔잖아!

……

빨리 준비해!!

이대로 묻히는 건 못 참아.

내 야망은 우주보다 더 크단 말이야.

여기는,

네가 생각하는 것만큼 만만한 곳이 아냐.

나랑 교대해주길 바라는 녀석들은 얼마든지 있으니까.

팍

싫으면 안 와도 돼!

뭐야…, 벌써 졸려?

저기…

저도 같이 스윙 연습을 해도 되나요?

뭐?

빠악

…….

78

크아~.
내가
쓸데없는
소릴했군.

너는
내 스윙만
봐주면
된다니까!!

바보야!
너는 더 이상
노력 안 해도
돼!!

잘 부탁
드립니다.

제발
의욕 좀
그만 내!!

어차피
나가지도
못할 텐데요
뭐.

바보,
약한 소리
하지 마!

계다가
너...

내일
시합
있잖아!

......

토요일—.

세이도
그라운드.

후후…

오늘 일부러 여기까지 와주셔서 정말 고맙습니다.

여름대회도 다가오고 하니 서로 좋은 시합이 되겠지요?

좋은 시합?

오사카 키리유 고교
마츠모토 타카히로 감독

인가요?

말씀에 비해 선발은 1학년…

하지만… 우리 키리유를 상대로 1학년을 맞게 하다니…,

아마 장래성을 감추고 있는 투수겠지요.

뭐… 여름대회 전에 조정도 있고 여러 가지로 시험해보고 싶은 마음도 잘 알겠습니다만.

……

3번 중견수
이사시키 준(3학년)

2번 2루수
코미나토 료스케(3학년)

1번 유격수
쿠라모치 요이치(2학년)

5번 3루수
마스코 토오루(3학년)

4번 1루수
유우키 테츠야(3학년)

7번 우익수
시라스 켄지로(2학년)

8번 좌익수
사카이 이치로(3학년)

6번 포슈
미유키 카즈야(2학년)

9번 투수
후루야 사토루(1학년)

무슨 소리야, 이 사람…

맞으라고 …?

합숙의 피로도 있고 결과는 바라지 않겠다.

이봐, 사토루! 오늘은 마음껏 맞고 와라….

벌써 2주일이나 마운드에서 던지지 못했다….

2군에서 운동장을 뛰어라.

너는 2주일간 투구 금지다!

그 누구도
치게 할 마음
없어—!

플레이!!

자아,
그럼…

맞아도
내가 있다!!

왜 그래,
벌써
쫄았나
—!!

아니,
지금
바꿔!

야…,

바꿀
마음도
없어.

쫄지도
않았고,

86

작년 코시엔
여름 대회의
준우승교
오사카 키리유
고교.

부원 평균
배근력이
180kg을
뛰어넘어
파워야구로는
전국 최고라
일컬어진다.

이것이
사토루에게
있어서…

합숙으로
축적된
피로와,

직구밖에 없는
그 투구 스타일.

처음 맛보는
전국의 혹독함이
되겠지.

88

저 투수, 컨디션이 엄청 나쁜가봐.

우와! 밀어내기다.

볼!!

저 높은 공에 아무도 손을 안 대는군.

이걸로 3점째 인가….

아무리 그래도 그건 무리겠지…. 키리유는 오사카에 있잖아.

혹시 세이도를 연구했을까?

제길….
볼이 제대로
나가지
않는다….

제45화 아끼는 선수

뭐하는 거야,
저 녀석…

게다가 스트라이크와 볼이 저렇게 명확하다면 공략하기 쉽습니다.

확실히… 지금 합숙 중이라고 했던가?!

저 1학년 투수, 어떻더냐?

예…. 스피드는 있지만 치지 못할 정도는 아닙니다.

네!!

상대의 컨디션이 나쁘다 해도 염려할 거 없다.

정신을 잃을 때까지 사정없이 쳐라!!

당신이 아끼는 선수가 재기불능이 되더라도….

카타오카 텐신 감독… 난 모릅니다.

사토루는
5회까지다.

가…
감독님…

피…
피로하다고 해도
사토루가 이렇게까지
안 좋을 줄이야…

나중까지
영향을
주기 전에
교체를
하는 편이
좋지 않을까요?

으흐

……

일단 사토루는
볼의 위력으로
확실히 제압할
생각입니다!

카즈야는?

으음…

내일 시합…
너희들은
1학년 두 사람을
어떻게 리드할
생각이냐?

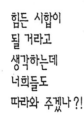

힘든 시합이
될 거라고
생각하는데
너희들도
따라와 주겠나?!

상대는 바로
오사카의
키리유 고…．

네!!

우와~,
중견수 앞!!

키리유
타선을
막지 못하고
있어….

95

뭐… 지금
네 컨디션으로 보면
10점 이내로 막으면
잘한 거겠지만….

우와~.
막 뭔가가
나와.

이제…
한 점도
내주지
않을
겁니다.

후후…
이 녀석
마운드에서는
화를 내지
않았지.

98

지금부터
너에게는
진짜
시련이겠지….

분하다
….

하지만…
힘을 주면 줄수록
공은 앞으로
뻗어나가지
않는다.

아니
….

시합 중에
왜 웃는 거야
—!!

리드나
제대로 하란
말이다!!

크리스 선배
처럼.

후후후….
자아, 그럼
언제쯤이나
고분고분해질까.

하지만…
나 대신 나간
사토루가
맞는 것도
분하다….

내가 나가지
못하는 것도
분하지만,

핫,
하긴!!

좀 전까지만
해도
바꾸라고
그 난리더니.

그런데
왜 네가
화를 내지?

픽
!

99

으음!

우헤헤헤!

*호구필타~!!

*호구필타 : 좋은 공은 반드시 친다.

엄청 무거운 공을 던지는군.

쳇…. 구위에 눌렸다….

따아악

아자!!

우선 1아웃….

빠져라,
이놈ー!!

코아!!

둥 둥

후훗….
나이스
번트.

촤악

시끄려워~!!

굴욕

풀 스윙을 하면서도
반드시 오른쪽으로
보내는 타구.

이게
준 선배랑
켄타의
차이지~.

흠흠.
개성적인
선수들이
잔뜩 모여
있지만,

역시
세이도 선수들은
다 몸이 무거운
모양이야.

오히려
우리에게는
좋은 일….

이 원정으로
자신감을
듬뿍 얻어갈 수
있겠어~.

후후후.

헉

하지만…
엄청난 파워로군!!
저렇게 높이 올라간
피처 플라이는
본 적이 없어.

아~,
아까워라.

이번 회는
1점으로
끝인가?

그렇군요
….

변화구에는
여전히
약하군…

토오루 선배
힘이 너무
들어갔어…

제46화 신뢰라고?

테이핑 테이프를
깜빡 안 사와서
다시 갔는데…
이번엔 보리차 백을
놓고 오는 바람에.

죄송해요~.
늦었습니다.

1학년 매니저
요시카와 하루노

어?

그랬더니 이번엔
버려진 고양이가
나타나서….

……

왜들
그러세요?

저
사토루가?!

4회로
11점이나
잃었다고?!

말도
안 돼….

키리유를 상대로 어떤 시합을 펼칠지 기대하고 왔는데.

이게 뭐야. 저 투수, 완전히 자멸하고 있잖아!!

쳇⋯.

우린 이런 세이도의 모습을 보고 싶지 않아⋯.

이젠 야유를 할 마음도 안 나!

가자.

투 스트라이크 까지는 철저하게 방망이를 휘두르지 않고 있어요.

역시 키리유 타선이군요⋯. 컨트롤이 안정되지 않은 사토루에게,

술 렁.

투구수는?

술 렁.

115

4회 도중에
이미 100개를
넘었습니다.

크으…

잠자코
보고만
있어!

너는
6회부터다
….

그냥 보고
있을 수가 없단
말이에요!!

아니…,
감독님!!

이 녀석
….

어깨는 벌써
만들어
졌다고요!!

제가 던지게
해주세요,
선글라스
아저….

뭔가
노리는 것이
있는 모양인데…
이러다간
선수가
망가져버리지.

정말
매정하군,
텐신 감독.

아무도
말을 걸어주지
않는군.

게다가 야수들이
투수를 지나치게
방치해두고
있다….

저러면
투수가 너무
가여워.

117

스트라이크를
잡을수있는
쉬운공은
단한구도
던지려고도
하지않는다…

이렇게
포볼로주자를
내보내면서도

이녀석은
정말대단한
녀석이야…

타임…

죄송합니다.

역시
한계인가…?

이런…

어떻게 해야
점수를
뺏기지 않고
끝낼 수
있을까요….

카즈야
선배.

분하지만
오늘은 제 공을
던질 수가
없어요.

하지만…
이대로 마운드에서
내려가고 싶지는
않아요….

!

이 녀석―.

어드바이스를…
한 번만.

눈이 전혀
죽지 않았어….

한계는
커녕,

태도는 여전히
거만하지만….

게다가
자기 마음속의
분노를 억누르고
내게 어드바이스를
구해왔다.

빨리!

확신이
든나….

하
하
하.

이 녀석은
에이스의 그릇을
가지고 있어—.

핫핫핫핫핫!

?

왜 웃어.

?

뭐…
뭐야?

?

실점은 거의
너의 포볼로
잃은 거다.

지금까지
맞은 안타는
7개….

알겠나….
냉정하게
생각해.

그래도
테츠야 선배나
준 선배가 아무 말도
하지 않은 이유가
뭔지 알아?

뭐?

그만큼
너는…,

저 사람들에게
신뢰를 받고 있기
때문이야!

○○~
참견하고
싶다.

뭐…,
처음부터
어제 회의에서
결정된
거였지만!

폭발하기
일보직전인 사람.

삼진을
잡는 것만이
투수가 할 일은
아냐.

너는 뒤를
좀 더 믿고
던지면 돼.

그것뿐이다.

앞으로는
내 미트를
더 잘 봐.

......

신뢰…

저 미트를—.

제47화 시합은 즐거워

※터치업 : 태그 업. 플라이 볼 타구시 주자가 되돌아 와서 누를 밟는 것.

중견수.

*터치업을
한다!!

136

투 스트라이크까지
기다리자는
작전이었잖아.

넌 왜 초구부터
방망이를
휘두른 거야?

얼굴로 너무
가까이 와서
저도 모르게
손이.

죄송
합니다.

저도
모르게...

OSAKA

너 같은
강속구 투수에게
필요한 것은
페이스 배분과
컨트롤 뿐이라는
것을.

힘이
많이 들어가도
공은 앞으로
뻗어나가지
않는다...

사토루...

이제
잘 알았나?

137

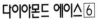

으으~!

투수 앞 땅볼….

……

2타석 노히트.

저 녀석 상당히 좋은 투수다.

하지만… 회를 거듭할수록 구위가 늘어나는구나.

러너가 있으면 딴 사람이 된다니까요, 카즈야는….

저 바보….

사고 쳤다~

성적이 너무 고르지 못해. 쓰

7번
시라스 켄지로

잘한다,
히로미!!

나이스
피칭!!

역시 저 팀의
기둥이라고
할 수 있겠군.

지금까지
2타점.
에이스에
4번 타자.

！

볼을 던지지
못하는 동안에도
손가락에
끼우고 있으라고
했잖아.

준비는
안 했지만
던져 봐!

이봐…
사토루.

이번 회에
그거
던져볼래?

어?!

슬로우볼?!

아무리
스트라이크를
못 던져도 그렇지
이건 아니잖아…

이봐…
이봐.

스…

스트라이크!!

어차피….

투 스트라이크까지는
방망이를 휘두르지도
않을 테니까.

뻑

이 녀석….

박살내버려라!

상관없다.

이 사람만은 꼭 삼진으로 잡고 싶다.

사토루에게는 큰소리쳤지만,

떨어져도 좋으니까 어쨌든 낮게만 던져라.

어디까지나 이 포크는 눈가림용이지…

시합의 흐름을 바꾸자―.

이 에이스를 힘으로 눌러서,

와라, 와라, 와라, 와라.

슈뭉

화끈하게
맞고,

날아가라 ♬

스...
스트레이트.

제48화 마구

152

미유키가
뒤로 빠뜨리는 거
처음 봤다.

모...
모르겠어.

지금 공...
뭐...
뭐였지....

스트레이트가
가라앉았잖아?!

역시 이건
처음 봐서는
잡을 수가
없겠어…

하하하!

포크라기보다는
그 공에
가까운가…

그 정도로
스피드를 내면서도
타자 바로 앞에서
변화하고 있으니까.

※SFF(스플릿 핑거 패스트 볼) : 포크보다 각은 작고 속도는 빠른 공.

저 녀석…,
뒤로 빠질까봐
무서워서
손가락에 공을
깊이 끼우지
못한 거로군.

데~엥

단순한 준비 부족.

20세기
최후라고
일컬어지는,

마구

SFF

〈스플릿 핑거 패스트 볼〉

역시 이사람도 웃음이 사라졌군….

하지만… 이건 기뻐하면 오산이야.

준비도 없이 변화구를 던지게 한 건가요?!

서… 설마 카즈야 녀석….

윙

윙

내 참… 차례로 저렇게 과감한 짓을….

아마 그렇겠죠. 카즈야가 못 잡을 정도니까요.

게다가 사토루의 힘을 최대한 이끌어 내려고 하고 있으니까….

실전 중에 컨트롤의 중요함을 배우게 하고….

너무 무모해요! 저 녀석, 무슨 생각을 하는 거야.

카즈야는 연습시합의 의미를 제대로 파악하고 있구나…

네, 특기인 높은 볼로 눌러버려라!

이렇게까지 타자의 동요를 끌어냈으니 나머지는 쉽지…

흐름이 바뀌었다ㅡ.

동료들에게서
받는, 진심에서
우러나온
성원이란 거…

어때…
기분 좋지?

빨리
던져!

껍질을 한 겹
벗게 될지
어떨지는
지금부터
너 하기에
달렸다…

저런 포크(?)
처음 봤다.

……

역시
보통내기가
아니었어.
사토루는…

하하…

159

1학년을 상대로
열 내지 마.

내일 그걸
증명하면
돼….

네가
에이스다!

그리고 나도
주전 포수
자리를
따낼 거야.

뭐…
배터리를
짤 때의
얘기겠지만.

케이스케….

역시
이 녀석은
굉장하다….

비거리가
엄청나.

센터필드
뒷부분에
꽂혔어!!

맞혔다···.

우와아~.
넘어갔다!!

삼진을 당해서
동요하고
있다는 점을
파고들었군.

하하···,
저 녀석.

괴물이다
···

괴물···.

이것이 전국 대회의 수준이고,

히로미….

어떠냐…. 원정오길 잘했지?

세상에는 재미있는 녀석들이 아주 많이 있지….

이 녀석들, 전부 말해!

너답게 즐겁게 던져라!

즐기는 거야, 히로미!!

이게 바로 우리들이 바라는 전개였어!!

그래, 히로미!!

오사카 키리유 고교 주장
시바타 쿄에이(후보)

즐겨요, 히로미 선배!!

그 웃는 얼굴, 멋있어요!!

단 한 마디로 선수를 재기시켰다….

쳇… 저대로 단번에 쉴 새 없이 때리고 싶었는데

역시 오사카를 대표하는 감독이로군.

저 녀석, 쓸데없이 한방을 날리는 바람에.

크…

이거 점점 더 투지를 부추기는군.

돌아가면 특훈이다.

하하.

하 하 하

긴장 안 했다니까!!

그렇다고 너무 긴장하진 말고.

비밀말 한다

그래도
그때 이후로
처음이구나.

너와
배터리를
짜는 거….

TOKYO

어?!

아……

뭐야,
아직도
긴장하고
있는 거냐?!

안
했다니까!!

어…
아….

구질 확인을
해야 하니까!

좀
받아보자.

뭐….

재미있게
해보자!

제 7 권에 계속

세이도 선수 도감

Vol. 9

유우키 테츠야(3학년)

- 출신지 도쿄도
- 포지션 1루수
- 우투우타
- 혈액형 O형
- 승부에 대한 감이 뛰어난 *클러치히터
- 플레이로 선수를 이끄는 타입
- 중학교 때부터 승부근성은 강했지만 몸집이 작아서 별로 눈에 띄는 존재는 아니었다.
- 어릴 때부터 세이도의 엄격한 연습을 잘 알고 있었다.(집이 근처)
- 자신을 단련하기 위해 세이도에 입학
- 최근, 장기를 배웠으나 카즈야에게 자주 진다.

※클러치히터 : 누상에 주자가 있을 때, 득점이 꼭 필요한 상황에 득점을 올리는 타자.

172

나는 거기서
강렬한 매력을
느꼈다….

다른 것들과는
다른 그 글러브
형태….

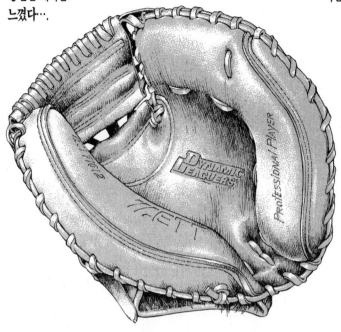

어깨가
굉장해!!

저 녀석,
아직 중1
이잖아?!

우와!!

캡이다.

하지만 본인이
포수밖에는
하고 싶지
않답니다.

그렇습니까?
이상한
녀석이로군요…

이… 이거
엄청난 녀석이
들어왔군.

저 어깨만 있으면
투수로도
대성하지
않을까?!

뭐?!
뭐가 어째,
인마?!

다시 한 번
말해봐!!

그럼 투수가
견제구를 던지기
어렵잖아요!!

그러니까…
2루의 커버가
늦다고요!

운동장에서
선수는 모두
대등해요….
학년은
상관없잖아요!

……

이… 이게!

1학년이
어디서!

바보, 그러지 마, 카즈야.

하하하, 왜?!

!!

아니, 그 정도는 아닌데.

칭찬하는 거 아냐!

1학년이 주전이 됐다고 빼기지 마….

크…. 이 녀석이!

그러니까 우리들에게 싸움을 거는 거냐?!

두 번 다시 그 입을 나불대지 못하게 교육시켜주마.

각오해라. 버릇없는 꼬맹아.

그 녀석,
너무
건방져!

좋아~.
오늘은 내가
교육 좀
시켜주지!!

아하하하.
진짜?!

우리는
왜 안 불렀어?!

하….

너무
심하게
하지 마.

일러바치면
귀찮아지니까.

하하.

아무리 그래도
오늘은
안 나왔겠지.

늦었네요,
선배!!

안녕하세요!

야수와의
세트플레이에
투수의 리드.

운동장의
감독 같은
역할.

1학년이든
키가 작든
나는 내 힘으로
이 포지션을
얻었다.

……!

분명히 지각은
운동장
10바퀴였죠?!

씨익

이렇게
재미있는
장소…,

다른
누구에게도
양보 못해!!

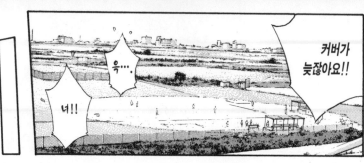

커버가
늦잖아요!!

윽….

너!!

역시
마루카메
시니어는
강해….

전혀
상대가 안 돼.

팀	1	2	3	4	5	6	7	8	9	10	計
에도카와	0	0	0	0	0	0	0	0	0		0
마루카메	0	2	0	0	1	0	X				3

가는 길에
어디 들렀다
갈까?

오락실이나
들를까?

저 녀석들,
바보처럼
연습만 하겠지?

말도 안 돼~!!
야구를 그렇게
열심히 해서
뭐하려고?

카즈야~,
뭐해?

빨리 가자!

괴…
굉장하다.

타
키
가
와

크
리
스

유
우.

이것이…
관동 넘버원
포수라고
평판이
자자한,

세상에는
엄청난 녀석들이
썩을 만큼
널려 있다…

하하….

시합의
흐름을
올바르게 읽는
후각.

상대 투수의
마음을
꺾어버릴
정도의 배팅.

투수를
잘 활용하는
리드.

나는 오늘
몽~땅
다 진 거다…

하
하
하
하
하.

오늘의
패전에
일단 감사.

아~.
더 잘하고
싶다.

그런데
크리스가 뭐야,
크리스가!!
무슨
외국인이냐?!

나는
서민적으로 자라난
도쿄 토박이다,
뭐!!

훨씬 더
강해질 거야.

이제 나는
훨씬 더
잘하게
될 거다.

야구가
재미있기만 하면
되니까.

설마
시니어 시합에서
이렇게 높은 수준을
보게 될 줄은 몰랐지.

다음 그 다음을
예측해야 하는
포수끼리의
싸움...

확실히
팀 메이트의
차이였다!

오늘 시합,
승패를
가른 것은,

너는
좀 더 높은 수준에서
야구를 해야 해.

그런 선수들을
이끌어보고
싶지 않아?

높은
꿈을 가진
향상심도
있는,

그런데
누나는 누구?

진짜 쪽쪽 빵빵이다.

역시…
그것도
재미있겠다…

……

나… 나는 이번 봄부터
세이도 고교 야구부의
부부장을 맡은
타카시마 레이!

단도직입적으로
말하자면
너를 스카우트
하러….

그러고 보니…
맨 처음에 나에게
눈독을 들인 것은
레이 선생님이었구나.

그건 좀
이르지 않나?

나… 아직
1학년이거든요.

누나 진짜
스카우터
맞아?

이봐,
여렁게…

뭐?!
너, 아직
1학년이었어?

어쩐지
키가 작더라.

핫핫핫!

뭐…
레이 선생님이
선수를 보는 눈은
정확하다는 건가.

그 뒤에
결국 세이도에
들어오게
되었지만,

번외편/끝

―STAFF―

栗栖正義

山田聡子

米澤孝知

河端美穂子

―EDITOR―
KIICHIRO SUGAWARA
MASAKATSU MINO
SHUJI SATO

취재로 만난 코쿠가쿠인 대학의 타케다 감독님의 말씀은 정말 재미있었답니다.
토우호쿠 고교, 센다이 이쿠에이의 감독을 역임하고, 자신의 경험에서 얻은 풍부한 지식,
야구에 대한 정열에 넓은 시야를 가진 다재다능하신 분. 아아, 이 사람은 선수를 키우는 것만이 아니라,
인간을 키우는 프로구나 하는 것을 느꼈답니다.

그 타케다 감독님의 제자 중 한 사람, 사사키 카즈히로 씨.
프로에서는 스토퍼로 활약하고 있는데, 마음이 강하고 동료들의 신뢰도 두터운
이런 것이 에이스가 아니냐는 말씀을 하셨답니다.

테라지마 유지.

青道

1군 마운드의 중압감이

6회초
사와무라 에이준
등판.

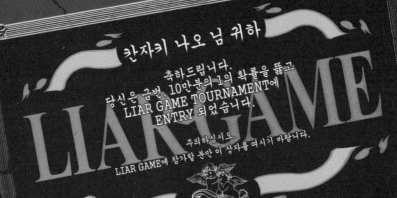

학산코믹스
4229

다이아몬드 에이스 6

2007년 10월 25일 초판발행
2022년 5월 10일 4쇄발행

저   자 : Yuji Terajima
역   자 : 박정오
발 행 인 : 정동훈
편 집 인 : 여영아
편집책임 : 이진경
편집담당 : 김보경
발 행 처 : (주)학산문화사

서울특별시 동작구 상도로 282 학산빌딩
편집부 : 828-8988, 8824   FAX : 816-6471
영업부 : 828-8986
1995년 7월 1일 등록 제3-632호
http://www.haksanpub.co.kr

[Ace of Diamond]
ⓒ 2006 Yuji Terajima
All rights reserved.
First published in Japan in 2006 by Kodansha Ltd.
Korean translation rights arranged by Kodansha Ltd.

개정판 ISBN 979-11-6876-858-1 07650
        ISBN 979-11-6876-855-0(세트)

값 6,000원